AF305823

PEINTURE ITALIENNE

BARTOLO DI MAESTRO FREDI

1330-1410.

1. — SAINT SAUVANT UN HOMME DE L'EAU.

Peinture sur bois.

Un saint moine tire par le bras un homme qui se noyait dans un cours d'eau issu d'un moulin, en présence de deux personnages richement vétus qui sont à la droite du spectateur, et d'une religieuse en prieres sur l'autre rive ; deux pages, indifférents à la scéne, causent derrière elle, a la porte du moulin : un âne chargé d'un sac y est attaché. Plus loin, quatre hommes dont un avec un âne : fond de montagnes.

Haut. 0ᵐ27, larg. 0ᵐ51.

BALDOVINETTI (Alessio)

1427-1499.

2. — SAINT VISITÉ PAR UN ANGE.

Petite peinture à fond doré.

Haut. 0ᵐ16, larg. 0ᵐ12.

CONDITIONS DE LA VENTE

La vente aura lieu au comptant.

Les acquéreurs auront à payer 10 o/o en sus des enchères.

Etant données la personnalité de Feu Félix RAVAISSON-MOLLIEN et sa compétence indiscutée, nous présentons les objets ayant fait partie de son Cabinet avec les attributions et les désignations qu'il leur avait données.

L'exposition mettant le public à même de se rendre compte de la nature et de l'état des tableaux, aucune réclamation ne sera admise une fois l'adjudication prononcée.

EXPOSITION PARTICULIÈRE
LE SAMEDI 21 NOVEMBRE 1903

EXPOSITION PUBLIQUE
LE DIMANCHE 22 NOVEMBRE 1903
DE 2 HEURES A 5 HEURES
SALLE N° 1

ORDRE DE LA VACATION

37 à 44.
79 à 83.
1 à 36.
45 à 78.
84 à 105.

CATALOGUE

des

PEINTURES

provenant du Cabinet

DE

FEU FÉLIX RAVAISSON-MOLLIEN

Conservateur du Musée des Antiques
au Louvre

DONT LA VENTE AURA LIEU

le 23 Novembre 1903
à 2 heures précises

A L'HOTEL DROUOT, SALLE Nº I

par |le ministère de

Mᵉ Gᴜsᴛᴀᴠᴇ COULON, Commissaire-Priseur

PARIS

Gᴜsᴛᴀᴠᴇ COULON
Cᴏᴍᴍɪssᴀɪʀᴇ-Pʀɪsᴇᴜʀ
12, Rᴜᴇ ᴅᴇ ʟᴀ Vɪᴄᴛᴏɪʀᴇ

MANTEGNA (Andrea)

1431-1506.

3. — LE CHRIST AMENÉ AU JUGEMENT.

Peinture sur toile.

> Couronné d'épines et les mains croisées. Belle tête d'expression.

Haut. 0ᵐ55, larg. 0ᵐ35.

GIORGIO BARBARELLI dit LE GIORGIONE

1477-1510.

4. — VÉNUS ENDORMIE.

Peinture sur bois.

> Vénus est endormie sur un manteau, dans un site champêtre ; la main droite tient des cerises, la gauche est posée sur un grand vase.
> Ce tableau a quelques repeints.
> Analogie avec le tableau (nᵒ 185) du musée de Dresde.

Haut. 0ᵐ63, larg. 1ᵐ13.

GIORGIO BARBARELLI dit LE GIORGIONE

1477-1510.

5. — DEUX FEMMES DEMI-NUES A MI-CORPS.

Papier marouflé sur panneau.

> Etude pour un tableau représentant Diane et Actéon, qu'on voit à Hampton-Court.

Haut. 0ᵐ22, larg. 0ᵐ35.

GIORGIO BARBARELLI dit LE GIORGIONE

1477-1510.

6. — MILON DE CROTONE.

Peinture sur bois.

> Les mains prises dans le tronc d'un arbre, Milon de Crotone se retourne vers le lion qui lui mord la jambe, une lionne accourt ; paysage montagneux avec une rivière.
> Les animaux et le paysage sont endommagés.
> Etude pour le tableau de la galerie du duc d'Orléans dont une gravure a été exécutée par Nicolet.

Haut. 0ᵐ40, larg. 0ᵐ48.

GIORGIO BARBARELLI dit LE GIORGIONE

1477-1510.

7. — JEUNE SEIGNEUR.

Peinture sur toile.

> Jeune seigneur en riche costume, assis à terre ;
> de la main droite il indique une scène dont il parle.
> Analogie avec un personnage du « *Concert
> champêtre* » (n° 1136), Salon carré au Louvre.

Haut. 0ᵐ20, larg. 0ᵐ24.

GIORGIO BARBARELLI dit LE GIORGIONE

1477-1510.

8. — PROFIL GAUCHE D'HOMME COIFFÉ D'UN BONNET.

Portrait sur toile, marouflée sur bois ; à gauche et en haut,
pièce ajoutée.

> Partie de tableau ; le modèle ressemble au per-
> sonnage représenté dans le tableau (n° 185) de la gale-
> rie Pitti, à Florence. « *Un concert* ».

Haut. 0ᵐ28, larg. 0ᵐ23.

GIOVANNI BELLINI dit JEAN BELLIN

·1427-1516.

9. — LE DOGE LEONARDO LOREDANO.

Peinture sur bois.

> Petit buste de profil. Portrait de ce doge à la
> National Gallery de Londres, mais de face. A
> Dresde, copie d'un profil différent.

Haut. 0ᵐ14, larg. 0ᵐ12.

VANNUCCI (Pietro) dit LE PÉRUGIN

1446-1524.

10. — ORPHÉE ET EURYDICE.

Peinture sur bois.

> Orphée, assis sur un rocher, couronné de laurier,
> la main droite sur la hanche, tient une syrinx ; sur
> lui, un barillet et une gourde de berger ; derrière,
> des flûtes pendues à un arbre mort.
> Eurydice, debout, a la main droite sur l'épaule du
> poëte, l'autre en avant ; à sa gauche, des bœufs
> et un arbre à feuillage.

Haut. 0ᵐ29, larg. 0ᵐ20.

VINCI (Lionardo da) dit LÉONARD DE VINCI

1452-1519.

11. — LA VIERGE AVEC L'ENFANT SUR UNE TABLE.

Peinture sur bois.

La Vierge tient le bras gauche de l'enfant Jésus,
debout à sa droite, sur une table.
Plusieurs retouches.
Bernardino Luini a adopté cette composition,
en la diversifiant (Galerie Pourtalès, Louvre, etc.).

Haut. 0ᵐ70, larg. 0ᵐ34.

FRA BARTOLOMMEO (Baccio della Porta)

1475-1517.

12. — LA VIERGE, JÉSUS, SAINT JEAN ET SAINT JOSEPH.

Peinture sur bois.

La Vierge à demi agenouillée tient sur le genou
droit l'enfant Jésus, qui bénit saint Jean-Baptiste ;
derrière, saint Joseph appuyé sur un bâton. Drape-
rie au fond.
Le Saint est presque semblable dans une composition de Raphaël ; d'autres parties du tableau sont
raphaelesques.

Haut. 1ᵐ15, larg. 0ᵐ88.

FRA BARTOLOMMEO (Baccio della Porta)

1475-1517.

13. — LA SAINTE FAMILLE.

Peinture sur bois.

Entre deux pilastres, la Vierge, Jésus, saint Jean-
Baptiste et saint Joseph ; au fond, paysage.

Haut. 0ᵐ97, larg. 0ᵐ85.

FRA BARTOLOMMEO (Baccio della Porta)

1475-1517.

14. — SAINT DOMINIQUE.

Peinture sur bois, côté d'un triptyque.

Figure en pied, presque grandeur nature.

Haut. 1ᵐ17, larg. 0ᵐ47.

FRA BARTOLOMMEO (Baccio della Porta)
1475-1517.

15. — SAINT FRANÇOIS.

Peinture sur bois, côté d'un triptyque.

Figure en pied, presque grandeur nature.

Haut. 1ᵐ17, larg. 0ᵐ47.

FRA BARTOLOMMEO (Baccio della Porta)
1475-1517.

16. — SAINT DOMINIQUE.

Petite peinture sur bois; fine exécution, dernière manière.

Saint Dominique est agenouillé au pied d'un crucifix.

Haut. 0ᵐ20, larg. 0ᵐ15.

FRA BARTOLOMMEO (Baccio della Porta)
1475-1517.

17. — SAINTES DOMINICAINES.

Petite peinture sur bois; fine exécution, dernière manière.

Sainte Catherine de Sienne est agenouillée au pied d'un lit sur lequel est étendue, morte, une sainte dominicaine.

Haut. 0ᵐ20, larg. 0ᵐ15.

SANTI (Raffaello) dit RAPHAEL SANZIO
1483-1520.

18. — LA VIERGE ET L'ENFANT JÉSUS.

Peinture très soignée sur bois. Première manière du Maître.

L'enfant Jésus sur les genoux de la Vierge, qui lui présente un chardonneret. La bordure des vêtements est ornée de lettres.

Haut. 0ᵐ28, larg. 0ᵐ18.

SANTI (Raffaello) dit RAPHAEL SANZIO

1483-1520.

19. — LA VIERGE ASSISE AVEC JÉSUS.

Peinture sur toile.

Etude pour la Madone de Chantilly : a un peu souffert. Exécution nette d'ébauche, fond sans la vaisselle.

Haut. 0ᵐ35, larg. 0ᵐ27.

ANDREA D'AGNOLO dit André del Sarto

1486-1531.

20. — SAINTE FAMILLE.

Peinture sur bois.

Vierge assise avec les deux enfants. Très bon d'ensemble avec de légères avaries.

Haut. 0ᵐ82, larg. 0ᵐ62.

BERNARDINO LUINI

1470-1533.

21. — LE CHRIST EN BLANC.

Intéressante peinture sur bois, inachevée.

A mi-corps et les mains croisées, le Christ est vêtu d'une tunique blanche ; une corde autour du cou, nouée sur la gorge.

Haut. 0ᵐ56, larg. 0ᵐ45.

BERNARDINO LUINI

1470-1533.

22. — Sᵗᵉ CATHERINE D'ALEXANDRIE.

Peinture sur bois

Sainte Catherine lit entre deux enfants ailés. Cette peinture, qui a souffert, offre certaines ressemblances avec celle de la « Sainte Famille » (nᵒ 290) du Prado à Madrid ; réplique à l'Ermitage de Saint-Pétersbourg.

Haut. 0ᵐ75, larg. 0ᵐ60.

BERNARDINO LUINI

1470-1533.

23. — ANGE ENFANT, JOUANT DE LA FLUTE.

Peinture sur toile.

> Analogue à « *Jesus dormant* » d'un tableau du Louvre,
> dans le Salon carré (nᵒ 1354).

Haut. 0ᵐ50, larg. 0ᵐ46.

LORENZO DI MARIANO

1476-1534.

24. — LE CHRIST SORTANT DU TOMBEAU.

Peinture sur bois à fond doré.

Haut. 0ᵐ22, larg. 0ᵐ17.

ANT. ALLEGRI dit LE CORREGE

1494-1534.

25. — LA MADELEINE DEBOUT.

Peinture sur toile.

> La Madeleine, debout près d'un rocher, est accoudée
> sur un livre dans le feuillage : elle soutient de la main
> gauche une cassolette sur laquelle la main droite se
> pose : vêtue d'un manteau relevé sur la tête, elle a
> la poitrine, les bras et les jambes nus, la jambe droite
> croisée sur la jambe gauche, et semble être à l'en-
> trée d'une grotte : derrière, un paysage.
> Variante de la Madeleine couchée du musée de
> Dresde (nᵒ 154). Aux Offices de Florence, il y a une
> étude pour ce précieux tableau, attribuée à l'Ecole.

Haut. 0ᵐ40, larg. 0ᵐ32.

ANT. ALLEGRI dit LE CORRÈGE

1494-1534.

26. — DEUX ANGES.

Peinture sur toile.

> Grandiose étude à l'huile pour un des pendentifs
> de la cathédrale de Parme.
> Le type de l'ange principal a inspiré le Ganymède
> de Vienne ; la tête de l'autre n'a été qu'ébauchée.

Haut. 0ᵐ50, larg. 0ᵐ88.

ANT. ALLEGRI dit LE CORRÈGE

1494-1534.

27. — Saint Jean-Baptiste.

Peinture sur toile.

> Assis à droite dans un riche paysage, saint Jean-Baptiste, presque nu, est vu de dos : la tête est de trois-quarts, pleine d'expression. Analogies avec le tableau d'Io, à Vienne.

> *Haut. 0^m76, larg. 0^m72.*

ANT. ALLEGRI dit LE CORREGE

1494-1534.

28. — Le Christ.

Peinture sur toile.

> Le Christ à mi-corps, plus grand que nature, est impressionnant : la main droite élevée semble bénir. Ce tableau a souffert.

> *Haut. 0^m97, larg. 0^m72.*

ANT. ALLEGRI dit LE CORRÈGE

1494-1534.

29. — Tête de Vierge douloureuse.

Peinture sur toile.

> Morceau d'étude pour la Vierge de la Descente de Croix à la cathédrale de Parme.

> *Haut. 0^m50, larg. 0^m39.*

MAZZUOLI (Francesco) dit LE PARMESAN

1503-1540.

30. — Le Mariage mystique de Sainte Catherine.

Peinture sur toile.

> Sainte Catherine prend les mains de l'enfant Jésus qui, assis sur les genoux de sa mère, tourne la tête. Saint Joseph lui parle ; devant, saint Jean-Baptiste tient la croix ; dans le haut du tableau, des anges soulèvent une draperie. Très près de la manière du Corrège : ferme et spirituelle esquisse.

> *Haut. 0^m60, larg. 0^m40.*

TIZIANO VECELLI dit LE TITIEN

1477-1576.

31. — LA VIERGE ADORANT JÉSUS.

Esquisse peinte sur toile.

> La Vierge assise avec l'enfant divin, le contemplant les mains jointes, deux anges a ses côtés; l'un les mains croisées sur la poitrine, l'autre levant un linge sur lequel repose Jésus.
> Il y a au palais Pitti, à Florence, une mauvaise copie de ce tableau, attribuée a l'Ecole Vénitienne (n° 483).

Haut. 0^m96. larg. 0^m95.

TIZIANO VECELLI dit LE TITIEN

1477-1576.

32. — LA VIERGE ET JÉSUS.

Peinture sur toile.

> La Vierge, avec un voile sur la tête, tient debout devant elle l'enfant Jésus tout nu.
> Etude pour le tableau (n° 625) de la galerie des Offices de Florence, qui a une sainte en plus et d'autres différences.

Haut. 0^m60. larg. 0^m52.

TIZIANO VECELLI dit LE TITIEN

1477-1576.

33. — LE CHRIST AU ROSEAU.

Peinture sur toile.

> Le Christ a mi-corps, les poignets liés, avec un manteau et un roseau.
> Réplique, avec différences, du tableau (n° 467) du Prado à Madrid et de celui du Louvre (n° 1582) dans la grande galerie; etude pour le tableau de Chantilly (n° 32).

Haut. 0^m73. larg. 0^m64.

CAMPI (Giulio)

1502-1572.

34. — BEAU PETIT PORTRAIT D'HOMME BARBU.

Peinture sur bois.

> En buste, costume noir et gilet rouge; en bas, sur fond blanchâtre, deux lignes d'écriture en partie effacées.

Haut. 0^m25, larg. 0^m22.

PAOLO CALIARI dit PAUL VÉRONESE
1528-1588.

35. — TÊTE D'ENFANT.

Peinture ovale sur toile.

> Cette tête devait être celle d'un ange pour un tableau.

Haut. 0ᵐ32, *larg.* 0ᵐ25.

PAOLO CALIARI dit PAUL VÉRONÈSE
1528-1588.

36. — VISION DE SAINT FRANÇOIS D'ASSISE.

Esquisse très poussée sur toile.

> Le Saint, soutenu par deux anges, est en extase, voyant le Christ, dans le ciel, entouré d'anges; au premier plan à gauche, un moine en prières.

Haut. 0ᵐ50, *larg.* 0ᵐ34.

PONTE (Jacopo da) dit LE BASSAN
1510-1592.

37. — ÉTUDE DE LÉVRIERS ET LIÈVRE.

Peinture sur bois en partie endommagée.

Haut. 0ᵐ52, *larg.* 0ᵐ61.

PONTE (Jacopo da) dit LE BASSAN
1510-1592.

38. — BUCHERONS CHARGEANT UN ANE.

Papier marouflé sur toile; a souffert.

Haut. 0ᵐ65, *larg.* 0ᵐ37.

PONTE *(Jacopo da) dit LE BASSAN*

1510-1592.

39. — La Sortie de l'Arche.

Peinture sur toile.

> Noé agenouillé écoute le Père Eternel ; près de Noé deux moutons, à droite quatre personnages occupés à des travaux domestiques, en avant nombreux couples d'animaux.
> Pendant au tableau (nº 1423) de la grande galerie du Louvre.

Haut. 0ᵐ76, larg. 1ᵐ08.

BAROCCI *(Federigo) dit Le Baroche*

1528-1612.

40. — Tête de jeune fille.

Peinture sur toile.

> Jolie étude pour un tableau.

Haut. 0ᵐ36, larg. 0ᵐ30.

CESARI *(Giuseppe) d'Arpino dit Le Joseppin*

1560-1640.

41. — La Fuite en Égypte.

> Dans un beau paysage éclairé par la lune, la sainte famille vient de traverser une rivière. La Vierge, tenant l'enfant Jésus, est montée sur un âne que guident deux anges portant des torches, derrière elle, saint Joseph prend congé des bateliers.

Haut. 0ᵐ33, larg. 0ᵐ25.

BARBIERI *(Giovanni Francesco) dit Le Guerchin*

1591-1666.

42. — Saint Jérome.

Peinture sur toile.

> Saint Jérôme, surpris par une voix du ciel pendant qu'il écrivait, l'écoute avec recueillement.

Haut. 0ᵐ68, larg. 0ᵐ46.

GIORDANO (Luca)

1632-1705.

43. — RÉBECCA ET ISAAC.

Peinture sur toile.

> Abraham assis présente Rébecca à Isaac ; un personnage derrière chacun des jeunes gens ; dans le fond, Éliézer et son troupeau. Ce tableau n'est pas terminé.

Haut. 0m72, larg. 1m.

MAGNASCO (Alessandro)

1628-1719.

44. — SAINT JEAN-BAPTISTE DANS UN SITE SOLITAIRE.

Peinture sur toile.

> A droite du tableau, le Saint marche tenant une houlette en croix, près de lui un mouton entre de beaux arbres et des rochers ; à gauche, un fleuve serpentant vient en cascade.

Haut. 0m83, larg. 1m06.

II

PEINTURE ESPAGNOLE

MORALES *(Luis de)*

1509-1586.

45. — Tête de Christ douloureux.

Peinture sur bois.

Haut. 0ᵐ32. larg. 0ᵐ23.

VELASQUEZ *(Diego Rodriguez de Silva y)*

1599-1660.

46. — Portrait de la reine Isabelle d'Espagne.

Peinture sur toile.

Réplique, mais très différente, du tableau de la Gemälde Galerie (nᵒ 615), à Vienne.

Haut. 0ᵐ74. larg. 0ᵐ61.

VELASQUEZ *(Diego Rodriguez de Silva y)*

1599-1660

47. — Portrait d'homme inconnu.

Peinture sur toile.

Seigneur à la moustache grise relevée, costume noir, collerette blanche

Haut 0ᵐ56, larg. 0ᵐ44.

VELASQUEZ (Diego Rodriguez de Silva y)

1599-1660.

48. — FILLETTE.

Peinture sur toile.

Etude d'impression.

Haut. 0^m17, larg. 0^m11.

MURILLO (Bartolomé Esteban)

1618-1682.

49. — APPARITION DE L'ENFANT JÉSUS A SAINT ANTOINE.

Peinture sur toile.

Saint Antoine prosterné adore l'enfant Jésus qui vient à lui en tendant les bras; le saint lisait un livre sur une table couverte d'un riche tapis.

Haut. 0^m95, larg. 1^m18.

MURILLO (Bartolomé Esteban)

1618-1682.

50. — L'ENFANT JÉSUS ET SAINT ANTOINE.

Petite esquisse sur toile.

Sur un missel, apparition de l'enfant Jésus à saint Antoine en prières. Dans le haut du tableau, quatre chérubins. Étude pour le tableau de Séville.

Haut. 0^m42, larg. 0^m24.

MURILLO (Bartolomé-Esteban)

1618-1682.

51. — UNE JEUNE FEMME AVEC QUATRE ENFANTS ET QUATRE MOUTONS.

Peinture sur toile, petite esquisse.

Haut. 0^m20, larg. 0^m35.

III

PEINTURE FRANÇAISE

NICOLAS POUSSIN
1594-1665.

52. — BACCHANALE.

Peinture sur toile.

> Des bacchants et des bacchantes dansent devant un temple. Sur le premier plan, une nymphe et un enfant dorment couchés. A droite, Bacchus et un satyre assis.

Haut. 0ᵐ70, larg. 0ᵐ95.

LE SUEUR (Eustache)
1617-1655.

53. — ENFANTS ET LAPINS.

Peinture sur toile.

> Un enfant apporte un lapin blanc et trois autres se le disputent; le premier avec une draperie rouge flottante, les trois autres nus, un d'eux couche sur une draperie bleue bordée d'or: à droite, un cinquième enfant court pour prendre un autre lapin blanc; a gauche, vaste campagne.
>
> Le Poussin a composé un sujet analogue : Les enfants jouant avec des fruits et un papillon (Vienne, collection Liechtenstein : Angleterre, comte Grosvenor, voir Réveil, t. I, pl. 51).

Haut. 0ᵐ83, larg. 1ᵐ.

CLAUDE GELLÉE dit LE LORRAIN
1600-1682.

54. — PAYSAGE.

Peinture sur toile.

> Près d'un temple d'ordre ionique, Mercure s'approche d'Argus; derrière lui, la vache Io et d'autres animaux. Grands arbres, beaux lointains, ciel clair.
> Le dessin de ce tableau fait partie du *Liber veritatis* (planche 150).

Haut. 0ᵐ64, larg. 0ᵐ73.

CLAUDE GELLÉE dit LE LORRAIN
1600-1682.

55. — PAYSAGE.

Peinture sur toile.

> Ruines de temples et autres fabriques; beaux arbres et lointain; au premier plan, statues, homme à cheval venant d'un abreuvoir situé à droite et une chèvre. Les animaux ne sont pas achevés. Manière large, bel ensemble.

Haut. 0ᵐ61, larg. 0ᵐ80.

LANCRET (Nicolas)
1690-1743.

56. — L'AUTOMNE.

Peinture sur toile.

> Deux vendangeuses et un jeune galant, qui en prend une par la taille.
> Esquisse différente du sujet gravé par Larmessin.

Haut. 0ᵐ48, larg. 0ᵐ50

SUBLEYRAS (Pierre)
1699-1749.

57. — PORTRAIT DU PAPE BENOIT XIV.
Peinture sur toile.

Haut. 0ᵐ62, larg. 0ᵐ45.

DE TROY (Jean-François)

1679-1752.

58. — SAINT DANS UNE PRISON.

Toile marouflée sur panneau.

> Dans une prison, un saint debout, en blanc, devant un chef militaire assis à droite, avec plusieurs de ses guerriers ; à gauche, d'autres hommes, dont un assis.

Haut. 0ᵐ51, larg. 0ᵐ63.

CHARDIN (Jean-Baptiste-Siméon)

1699-1779.

59. — PORTRAIT DE L'AUTEUR.

Peinture sur toile, signée.

Haut. 0ᵐ38, larg. 0ᵐ18.

BOUCHER (François)

1703-1770.

60. — JEUNE FEMME SURPRISE.

Peinture sur toile.

> Elle se lavait les pieds dans un ruisseau ; un jeune homme, caché derrière des roseaux, l'épie, elle s'en aperçoit et témoigne son effroi.

Haut. 0ᵐ64, larg. 1ᵐ38.

FRAGONARD (Jean-Honoré)

1732-1806.

61. — AMOURS VOLANT, AVEC ARC ET FLÈCHES, FLAMBEAU ET FRUITS.

Peinture sur toile.

Haut. 0ᵐ58, larg. 0ᵐ82.

DECAMPS (Gabriel)

1803-1860.

62. — SOIR DE BATAILLE, AU SOLEIL COUCHANT.

Peinture sur toile, signée D. C., esquisse poussée.

> A droite, au premier plan, cavaliers autrichiens, à gauche un régiment qui défile au bord d'une rivière, tandis que d'autres troupes la traversent sur un pont ; au fond, à gauche, un village.

Haut. 0ᵐ98, larg. 1ᵐ30.

DELACROIX *(Ferdinand-Victor-Eugène)*
1798-1863.

63. — COMBAT ENTRE TURCS ET ALBANAIS.

Peinture sur toile, signée E. D. à gauche.

> Un cavalier turc va asséner un coup de yatagan à
> un Albanais ; autres cavaliers et soldats.

Haut. 0^m52, *larg.* 0^m65.

FROMENTIN *(Eugène)*
1820-1876.

64. — FANTASIA.

Toile sur panneau, petite esquisse.

> Deux cavaliers arabes.

Haut. 0^m21, *larg.* 0^m33.

DAUBIGNY *(Charles-François)*
1817-1878.

65. — ÉTUDE DE PAYSAGE AVEC ANIMAUX ET PERSONNAGES.

Peinture sur toile.

> Légère esquisse, signée.

Haut. 0^m32, *larg.* 0^m45.

IV

PEINTURE ALLEMANDE

ALBRECHT DÜRER

1471-1528.

66. — La Sainte Famille.

Peinture sur bois.

La Vierge tient l'enfant Jésus endormi sur son sein ; à droite, tête énergique de saint Joseph ; au fond, architecture ; en avant, fruits posés sur une tablette

Haut. 0ᵐ55, larg. 0ᵐ45.

ALBRECHT DÜRER

1471-1528.

67. — La Vierge et l'Enfant Jésus.

Peinture sur bois.

La Vierge tient dans ses bras l'enfant Jésus qu'elle allaite, à droite et à gauche un ange faisant de la musique.

Haut. 0ᵐ54, larg. 0ᵐ44.

HOLBEIN (Hans) le Jeune.

1497-1543.

68. — PORTRAIT D'HOMME.

Peinture sur bois.

> De trois quarts à gauche, avec une coiffure noire sur une chevelure blonde, vêtu de noir avec une sorte de gilet rouge ; à gauche, sur la manche, armoiries. Dans le fond du tableau, en chiffres arabes, AN. D. 1520. ALT 38.
>
> Pendant du suivant, œuvre de jeunesse du maître.

Haut. 0ᵐ39, larg. 0ᵐ31.

HOLBEIN (Hans) le Jeune

1497-1543.

69. — PORTRAIT DE FEMME.

Peinture sur bois.

> De trois quarts à droite, vêtue d'un costume noir avec ganses d'or, les cheveux entièrement couverts par une étoffe blanche dont un bout est dans sa main gauche, la main droite tenant une pensée et des myosotis ; plusieurs bagues aux doigts. A gauche, armoiries ; dans le fond du tableau, en chiffres arabes, AN. D. 1520. ALT 30.
>
> Pendant du précédent, œuvre de jeunesse du maître.

Haut. 0ᵐ39, larg. 0ᵐ31.

ALDEGRAEVER (Heinrich)

1502-1562.

70. — LA RÉSURRECTION DU CHRIST.

Peinture sur bois.

> Le Christ, le corps demi-vêtu, tenant un étendard dans la main gauche, sort du tombeau dans des roches ; à droite un soldat encore endormi, à gauche un autre qui s'éveille et du geste indique qu'il est touché de la foi ; au fond, d'autres personnages traités en caricatures.

Haut. 0ᵐ65, larg. 0ᵐ40.

ELSHEIMER (Adam)

1578-1620.

71. — CAMPEMENT ATTAQUÉ PAR UN LION.

Peinture sur cuivre, signée et datée 1614.

> Un homme est renversé par un lion qu'on voit de face ; sur un tronc d'arbre, un autre penché derrière et vers la bête ; un cavalier à droite va la frapper ; à gauche, un homme et un cheval s'enfuient. Paysage pittoresque avec les feux du campement.

Haut. 0ᵐ40, larg. 0ᵐ54.

V

PEINTURE FLAMANDE

BREUGHEL (Pierre) le jeune dit d'Enfer
1564-1638.

72. — L'Incendie de Sodome.

Peinture sur toile.

Haut. 0^m25, larg. 0^m34.

RUBENS (Pierre-Paul)
1577-1640.

73. — Femme allaitant un enfant.

Peinture sur toile.

Morceau d'étude pour le tableau « *Krieg und Frieden* » (n° 755) à la Pinacothèque de Munich.

Haut. 0^m62, larg. 0^m43.

RUBENS (Pierre-Paul)
1577-1640.

74. — La Charité serrant contre son sein un jeune enfant.

Peinture sur toile.

Étude pour une partie du tableau « *Les Horreurs de la Guerre* » (n° 86) à la galerie Pitti, à Florence.

Haut. 0^m58, larg. 0^m47.

RUBENS (Pierre-Paul)

1577-1640.

75. — LES SCIEURS DE BOIS.

Toile marouflée sur panneau de bois.

Esquisse du petit tableau (n° 2117) de la grande galerie du Louvre.

Haut. o^m26, larg. o^m34.

VAN DYCK (Antoine)

1599-1641.

76. — PORTRAIT DU COMTE DE MONTFORT.

Peinture sur toile.

De face dans un costume noir.
Réplique, avec différences, de celui de la galerie des Offices (n° 1115) et de celui de la Gemälde Galerie, à Vienne (n° 803).

Haut. o^m55, larg. o^m43.

VAN DYCK (Antoine)

1599-1641.

77. — PORTRAIT D'UN INCONNU.

Peinture sur bois.

Homme jeune, profil droit; pourpoint de velours, fraise et chaine.
Cette peinture semble être le pendant d'un portrait d'homme (n° 419) du musée de Bruxelles, attribué à Rubens et qui serait, d'après M. Max Rooses, une œuvre de Van Dyck.

Haut. o^m60, larg. o^m49.

TENIERS (David) le Vieux

1582-1649.

78. — SCÈNE CHAMPÊTRE.

Peinture sur toile signée **D**.

A gauche deux bergers, dont un courbé au pied de rochers, à droite une cascade sur les escarpements d'une colline dominée par des ruines, plusieurs chèvres. Repeints au bord du tableau à gauche.

Haut. o^m58, larg. o^m56.

JORDAËNS (Jacob)
1593-1678.

79. — JUNON DONNANT LES YEUX D'ARGUS AU PAON.

Peinture sur toile.

> Près du corps d'Argus et de la tête qui vient d'en
> être séparée, on voit la vache Io. Junon, assise à terre,
> applique les yeux sur la queue du paon.

Haut. 1ᵐ15, larg. 1ᵐ62.

JORDAËNS (Jacob)
1593-1678.

80. — SAINT PIERRE.

Peinture à mi-corps sur bois.

Haut. 0ᵐ64, larg. 0ᵐ50.

JORDAËNS (Jacob)
1593-1678.

81. — SAINT PAUL.

Peinture à mi-corps sur bois.

Haut. 0ᵐ64, larg. 0ᵐ50.

JORDAËNS (Jacob)
1593-1678.

82. — REPAS DONNÉ A MERCURE.

Peinture sur toile.

> Esquisse d'un tableau.
> Traité autrement que l'esquisse (nº 2017) du « *Repas
> mythologique* », salle La Caze, au Louvre.

Haut. 0ᵐ47, larg. 0ᵐ74.

TÉNIERS (David) le Jeune
1610-1690.

83. — LA TENTATION DE SAINT ANTOINE.

Peinture sur toile.

> Dans une grotte, le Saint en prières, le regard fixé
> sur la croix, entouré d'êtres démoniaques ; composi-
> ion et exécution très soignées.

Haut. 0ᵐ37, larg. 0ᵐ30.

VI

PEINTURE

HOLLANDAISE

GOYEN (Jan Van)
1596-1656.

84. — Paysage.

Peinture sur bois, signée et datée 1653.

> A droite, panorama de villes lointaines et de
> canaux, à gauche élévations de terrain avec des
> arbres, une chaumière, sept personnages et des
> animaux.

Haut. 0ᵐ35, larg. 0ᵐ52.

GOYEN (Jan Van)
1596-1656.

85. — Passeurs de bois.

Peinture sur toile. Esquisse.

> Un large fleuve encadré de hauteurs avec diverses
> barques, les premières chargées de poutres et de
> madriers avec deux hommes ; à gauche on voit un
> bac, au loin des voiles.

Haut. 0ᵐ65, larg. 0ᵐ87.

GOYEN (Jan Van)
1596-1656.

86. — Combat naval.

Peinture sur bois, signée à droite.

> A gauche un navire de guerre coulé par u autre,
> à droite un troisième navire qui prend la haute mer.

Haut. 0ᵐ40, larg. 0ᵐ70.

REMBRANDT VAN RYN
1606-1669.

87. — LE SACRIFICE D'ABRAHAM.

Peinture sur toile.

> Isaac est étendu sur une draperie, presque nu. Abraham relève de la main gauche le menton de son fils, pour dégager le cou : un ange descend du ciel, lui arrête le bras droit et le coutelas s'échappe de sa main.
>
> Esquisse différente du tableau de l'Ermitage a Saint-Pétersbourg et de celui (n° 332) de la Pinacothèque de Munich.

Haut. 0ᵐ87, larg. 0ᵐ70.

REMBRANDT VAN RYN
1606-1669.

88. — INTÉRIEUR.

Peinture sur toile, signée R. V. R.

> L'enfant Jésus est dans un berceau, la Vierge et saint Joseph sont assis a ses côtés.
>
> Ce petit tableau est une étude d'après nature pour celui de la Mauritzhuis de La Haye, « *Le repos pendant la fuite en Égypte* » (n° 579).

Haut. 0ᵐ16, larg. 0ᵐ18.

REMBRANDT VAN RYN
1606-1669.

89. — PORTRAIT DE SASKIA, PREMIÈRE FEMME DE L'AUTEUR.

Peinture sur toile.

> Elle termine sa toilette. Un miroir placé à gauche lui renvoie une vive lumière. Les mains ne sont pas achevées : ce tableau, malgré quelques avaries, a beaucoup d'effet.

Haut. 0ᵐ75, larg. 0ᵐ65.

REMBRANDT VAN RYN
1606-1669.

90. — PETIT PORTRAIT DE FEMME.

Étude sur bois.

Haut. 0ᵐ26, larg. 0ᵐ19.

REMBRANDT VAN RYN
1606-1669.

91. — JÉSUS CHEZ LES DOCTEURS.

Grisaille ; toile sur panneau.

Haut. 0ᵐ33, larg. 0ᵐ28.

REMBRANDT VAN RYN
1606-1669.

92. — PAYSAGE.

Petite étude; peinture sur bois au bitume, signée.

Bestiaux sur le devant, large rivière avec un bateau à voile : commencement d'orage. A gauche, reste de signature.

Haut. 0ᵐ20, larg. 0ᵐ30.

VAN DER NEER (Aernout)
1603-1677.

93. — CLAIR DE LUNE EN HOLLANDE, ciel très nuageux.

Peinture sur toile, signée.

Au premier plan, un pêcheur derrière ses filets est accroupi dans son bateau ; joli paysage.

Haut. 0ᵐ31, larg. 0ᵐ46.

VAN DER NEER (Aernout)
1603-1677.

94. — CLAIR DE LUNE SUR UN CANAL.

Peinture sur toile.

A gauche, au premier plan, trois personnages, puis village précédé d'arbres, barques et chaloupes; un barrage traverse le canal, à droite moulins et autres fabriques.

Haut. 0ᵐ36, larg. 0ᵐ48.

WATERLOO (Antoine)
1618-1679.

95. — ENVIRONS D'UTRECHT.

Peinture sur bois.

Petit paysage, terrains avec quelques arbres et une chaumière.

Haut. 0ᵐ11, larg. 0ᵐ17.

BEERSTRAATEN (Johann) (¹)

1622-1687.

96. — RUINES D'UNE VILLE ANTIQUE.

Peinture sur bois, signée Joh. Beer et datée 1671.

Au premier plan, bouvier avec trois vaches et un chien ; plusieurs autres personnages.

Haut. 0ᵐ41, larg. 0ᵐ83.

CUYP (Aelbert)

1620-1691.

97. — PÊCHEURS.

Peinture sur bois.

A gauche, la mer avec des barques et plusieurs personnages ; a droite, colline sur laquelle cheminent deux pêcheurs vers un village dont on voit l'église.

Haut. 0ᵐ93, larg. 1ᵐ27.

DUSART (Corneille)

1665-1704.

98. — LA GAITÉ AU VILLAGE.

Peinture sur bois.

Un joueur de biniou fait danser un couple âgé qui amuse des paysans et paysannes attablés et debout, ainsi que des enfants. Jolies chaumières, feuillages et clocher.
Le premier plan un peu frotté.

Haut. 0ᵐ40, larg. 0ᵐ53.

VELDE (Willem van de) le jeune

1633-1707.

99. — MER PRÈS D'UN PORT.

Peinture sur toile, signée à droite : W. v. V.

Près d'une estacade sur laquelle sont deux personnages entre deux chaloupes, une barque est en train d'appareiller avec deux pêcheurs, une troisième chaloupe amène deux passagers, plus loin un trois-mâts et d'autres embarcations.

Haut. 0ᵐ40, larg. 0ᵐ32.

---

(1) Certains font mourir Johann Beerstraaten en 1666 ; d'après M. Havard, il serait mort en 1687, après un long séjour à Rome.

VELDE (Willem van de) le jeune

1633-1707.

100. — MER CALME.

Peinture sur toile.

> Deux vaisseaux de grande mâture, une barque à voile et des chaloupes.

> *Haut. 0ᵐ45, larg. 0ᵐ70.*

VELDE (Willem van de) le jeune

1633-1707.

101. — MER PRÈS D'UNE PLAGE.

Peinture sur toile.

> En mer, trois grands navires, barques avec pêcheurs; sur la plage à gauche quatre pêcheurs, des barques et une palissade. A l'horizon, silhouette de ville; ciel finement coloré.

> *Haut. 0ᵐ31, larg. 0ᵐ38.*

HOBBÉMA (Meyndert)

1638-1709.

102. — PAYSAGE.

Peinture sur toile, signée à gauche.

> Intéressant paysage avec un berger et des animaux

> *Haut. 0ᵐ60, larg. 0ᵐ79.*

MAËS (¹) (Adrien)

1653- ?

103. — EMBARQUEMENT SUR LA MEUSE.

Peinture sur bois, signée à gauche.

> A droite, traversant des ruines, des personnages princiers suivis d'un cortège se dirigent vers un voilier amarré; sur la rive gauche, carrosse attelé sur un bac; au premier plan, pêcheurs et animaux; dans le fond, château sur une montagne.

> *Haut. 0ᵐ73, larg. 0ᵐ98.*

A. SMIT

104. — MARINE.

Peinture sur toile, signée.

> A gauche un trois-mâts, barques de pêcheurs; à droite une jetée, collines éclairées, menaces d'orage.

> *Haut. 0ᵐ77, larg. 1ᵐ05.*

---

(1) Le savant M. P. Haverkorn de Rijsewijk, conservateur du musée de Rotterdam, ne connait que deux tableaux de ce peintre, né à Utrecht, en 1653. L'un était jadis à Cologne; l'autre, « *Vue prise à Haarlem* », était dans la collection de la marquise d'A... et fut vendu à l'hôtel Drouot le 29 janvier 1875.

VII

PEINTURE ANGLAISE

HOGARTH (William)

1697-1764.

105. — MEURTRE DANS UN BAL MASQUÉ.

Peinture sur toile.

> Un jeune homme en a blessé à mort un autre. Un moine confesse celui-ci. Des magistrats interrogent le meurtrier. La femme qui a été l'occasion de la querelle s'évanouit. Nombreux personnages. Scènes très animées.

Haut. 0ᵐ75, larg. 0ᵐ90.

IMPRESSIONS ARTISTIQUES
L. LUCIEN FAURE
12, RUE SAINTE-ANNE, PARIS